계속 버텨!

Sempé
계속 버텨!

장자크 상페 지음 양영란 옮김

GARDER LE CAP
by
JEAN-JACQUES SEMPÉ

이 책은 실로 꿰매어 제본하는 정통적인 사철 방식으로 만들어졌습니다.
사철 방식으로 제본된 책은 오랫동안 보관해도 손상되지 않습니다.

난 당신이 안고 있는 골칫거리가 뭔지 알아요. 당신은
비인간화된 세상에서 살고 있다고 느끼죠. 그럴 땐
이렇게 해보시죠. 이 중에서 하나를 골라서 허벅지든
발목이든 어디든 원하는 곳에 당신 이름 첫 자를
새기는 겁니다. 아침에 작업실에 도착하면서 거기에
입을 맞추세요. 저녁에 집으로 돌아가기 전에도
마찬가지고요. 가끔 작은 선물(가령, 여자들이 많이
사용하는 매니큐어 같은 건 플라스틱에 바르면 금세
벗겨지니 편리하죠)도 건네주시고요. 장담하건대,
당신 기분이 달라질 겁니다. 그러다가 다른 게 당신
눈에 들어올 수도 있죠. 지금껏 먼저 선택한 대상에게
보여 주던 관심을 이제 새로운 대상에게로 옮기다
보면 당신은 죄책감을 느끼게 될 테죠. 그 죄책감은
점점 더 심해질 테고요. 그러면 당신은 다 나은
겁니다. 다시 인간이 된 거니까요.

이 말 좀 통역해 주시죠. 〈나는 《꿩 먹고 알 먹기》라는 표현을 싫어합니다.〉

대통령님께서 본국으로 돌아가시기 전에 우리 두 사람이 친밀한 식사라도 한 번 하는 게 꼭 필요하다고
생각했습니다.

각자 자기 이름표와 자기 자리를 찾으세요. 찾았으면 앉아서 분위기가 무르익기를 기다리도록 하죠.

제가 당신의 집으로 들어오려는 순간 마음이 바뀌어 옆 골목으로 가서 장을 좀 봤다는 건 물론 다 알고
계실 테죠. 이리로 다시 돌아오는 길에, 아차, 이번엔 조금 전과 반대 방향으로 가면서 또 쇼핑을 좀 했죠.
어린아이처럼 순진한 제 행동이 당신이 계신 그곳에서도 우리가 이곳에서 서스펜스라고 부르는 짜릿한
무엇인가를 야기할 수 있을지 알고 싶어요.

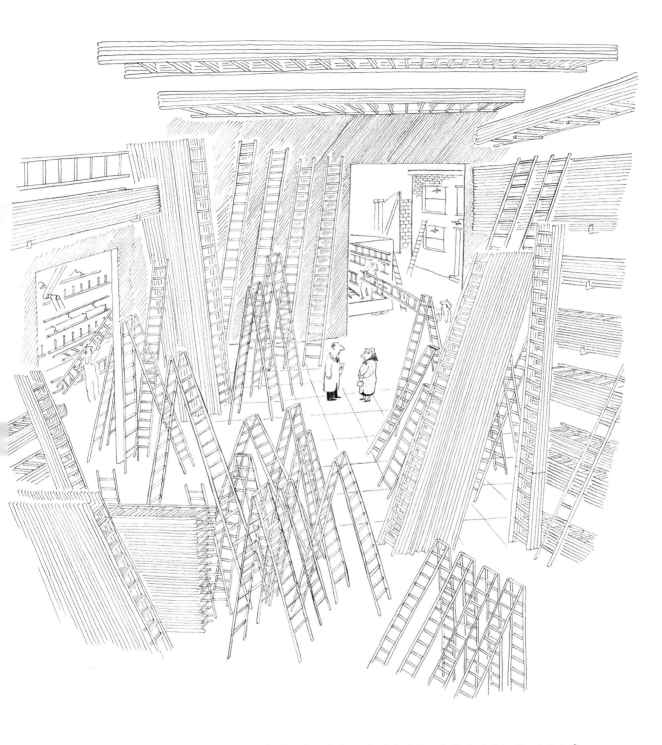

책상을 다 닦고 난 다음엔 여기도 청소기 한 번 돌려 주십시오. 아, 깜빡 잊었는데, 혹시 미신을 믿으십니까?•

• 십자가에 못 박힌 예수의 일화에서 비롯되었다는 설을 지닌 사다리 관련 미신을 의미하는 것으로 보이는데, 이에 따르면 사다리를 보거나 그 곁으로 혹은 아래로 지나가면 가까운 사람이 죽는다고 한다. 이하 모든 주는 옮긴이의 주이다.

사랑하는 형제자매 여러분, 이 자리에 모인 분이 극소수에 불과하다는 사실은 충분히 이해됩니다만 제가 장담하건대, 이제 기술자들도 더는 위험이 없을 거라고 확인해 줄 거예요. 뒤쪽 중앙부에서 떨어지면서 지난 주일 갑자기 들라쇼 여사를 주님께 데려간 돌 간판은 고인이 되신 은인의 이름을 단 채로 사건 현장에 그대로 남아 있을 것입니다. 제가 방금 은인이라고 말했는데, 그럴 만한 것이, 그분 덕에 3년간 중단되었던 보수 공사가 여러분이 보시다시피 이렇게 재개되었기 때문입니다.

책임 시공사: 들라쇼 회사
후임: 리누벨 회사

재미난 물건을 파는 상점에서 이 초를 샀는데 말이죠. 순전히 이번만큼은 내 기도를 잊지 말고 들어주었으면 하는 마음에서였답니다.

이 모든 현상을 합리적으로 설명할 수 없다면 말일세, 난 어째서 그토록 많은 세금을 걷어 가는지 그 이유가 궁금해진다네.*

● 갑자기 정전이 된 상황으로 보인다.

난 요즘 들어 혼자서 말하는 사람들이 점점 많아진다는 걸 깨달았어.

앙리, 자네니까 하는 말이네만 이따금 바람에 따라 이리저리 흔들리면서 때론 내 오른쪽 어깨를,
때론 왼쪽 어깨를 툭툭 치는 이 작은 천 조각이 나에게 거부할 수 없는 자유와 모험 욕구를 일깨워 준다네.

작은 행복이 큰 행복이 된다잖아. 아주 납작한 냄비 하나면 내 서류 가방에도 쏙 들어갈 거야.
알코올램프도 마찬가지고. 새끼 비둘기 고기는 천천히 익어 갈 테지. 급한 서류를 핑계로 나를 방해하는
사람도 없을 테고. 레킵＊에서 나온 지도를 사야지. 난 라디오에서 흘러나오는 흘러간 노래들을 들을 테고.
그러면 사장 몰래 그 순간들을 슬쩍했다는 고소한 기분이 들겠지. 그 사장이 바로 나라는 사실을 계속
잊어버릴 수만 있다면 말이지.

● 프랑스의 스포츠 전문 매체로 일간지와 잡지 등을 발행한다.

나는 나사의 새로운 자랑거리인 H17 바이러스다. 당신들의 통신망을 복구하려면 자판에서 우리의 협력 업체인 0033 Walinskaia de Moscou를 눌러라. 그런 다음엔 다른 아무것도 누르지 말라. 왜냐하면 한 시간 후면 나는 작업을 멈출 것이고, 화요일엔 겨울 스포츠를 즐기러 떠날 것이기 때문이다.

우리는 변화를 바랍니다. 그와 동시에 어떤 의미에서는 모든 것이 늘 똑같기를 바랍니다. 하긴 당신의 창조물이 지닌 복잡성, 심지어 전적인 일관성 부재를 고려한다면, 그러한 태도 또한 극복할 수 없을 정도로 어려운 문제가 될 수는 없겠군요.

나의 상상력을 온통 사로잡았던 상징적인 장면이지. 인적 없는 역에 혼자 서 있는 남자. 이 장면을 놓고 난 여러 쪽에 걸친 글을 썼지. 남자의 정체에 대해서, 저 남자를 둘러싼 일련의 사건들에 대해서도 조심스럽게 상상해 보았고, 심지어 심리학적 자료까지 만들어 보았다네! 그러다가 결국 저 남자는 단순히 기차를 기다리는 중이라는 결론에 도달하고 말았지만 말일세.

어떤 종류의 불안감으로 말미암아 작년에 내가 초연해질 필요랄까? 영성이랄까? 암튼 그런 걸 느낀 건
사실이에요. 당신이 지금, 이 순간 내게 하는 말은 듣기 좋긴 한데, 어쩌면 그런 말은 소프라덱이 UNP-
생고뱅과 합병하고, 거의 확실한 승진 약속과 더불어 나를 부사장에 임명하기 전에 해주었어야 하지
않을까 싶군요.

광고판: 난 내 거래 은행을 좋아해

나는 더 이상 내 거래 은행을 좋아하지 않아.

사실 난 이 빌라를 빌리고 싶지 않았어. 로마식인 건 좋은데, 뭐랄까, 퇴폐적이거든. 그이는 처음엔 상당히 얌전히 지내더니 이젠 매일 저녁 식당 나들이에 심지어 새벽 2시까지 클럽에서 놀아. 정신과 의사 말에 내 마음이 약간 놓이긴 해. 〈일단 그분이 마음껏 퇴폐성을 즐기도록 내버려 두시고요, 9월이 되면 그때 가서 다시 생각해 보기로 하죠.〉

아토스산* 여행 기념으로 그곳 개미들을 잡아 왔습니다.

● 그리스 칼키디케반도의 동남쪽 끝에 있는 산으로 그리스 정교회의 성지이다.

안녕, 아킬레우스! 잘 지내? 일은 어때? 가족과 아이들도 잘 지내고? 그리고 그 발뒤꿈치는?

뭐라고? 이제 겨우 시작되어 외울 것도 없는데, 역사 시험에서 빵점을 받았다고?

아니요! 그런 게 아니라니까요! 배가 가라앉을 무렵에 우린 마침 연극 공연 중이었다고요!

넌 후식으로 무얼 먹을 거야?

자네 친구 로베르 비유프뢰가 어제 다녀갔네. 그가 보병 2개 사단과 3개의 기갑 부대를 주문했다는 사실을
자네에게 알려 주는 게 내 의무일 것 같군.

제일 첫 번째로 하게 될 동작이 여러분에게 우스워 보일 수도 있지만 사실 아주 중요합니다. 여러분은
한 명씩 차례로 확신에 차서 〈나는 나다!〉라고 말하세요! 자, 클로딘부터. 조금 더 크게! 안 들려요.
방금 뭐라고 하셨죠? 클로딘이 아니라 아들린이라고요? 그렇군요, 죄송합니다. 자, 크게 말하세요,
자클린. 〈나는 나다!〉

모두가 되는 대로 아무 말이나 떠들어 대면서 나를 곁눈질하고 내가 하는 말을 엿듣고 이어서 곧 그 말을
왜곡할 때, 아무 말도 하지 않고 아마도 나를 바라보지도 않으며 십중팔구 내 이야기를 들어주지도 않을
누군가에게 속내를 털어놓는다는 건 얼마나 큰 휴식인지요.

자네가 저 큰 돌들을 쇠스랑이나 갈퀴로 파내면, 내가 써레질을 해서 마네와 모네가 애용했던 뽀얀 명주 빛깔을 얻을 수 있을 걸세. 베르트 모리조●도 그 색을 매우 좋아했는데, 베르트는 그 때문에 사람들한테 엄청나게 비난을 받았지, 가엾게도.

● 섬세하고 정취가 풍부한 주제를 밝은 색채로 그린 인상주의파 화가. 마네의 뮤즈로도 알려졌다.

난 어째 몸이 좀 얼얼해.

어쨌거나 굉장히 프로 같긴 하네!

이번 겨울엔 아주 잘됐지 뭐예요. 우리가 동시에 우울증을 앓았으니 말이에요.

4년 전에 내게 물었죠. 〈무엇을 흡입aspirer하느냐?〉고요. 그래서 나는 〈난 진공 흡입기aspirateur가
아니〉라고 대답했죠. 난 내 대답이 웃겨서 웃었는데, 박사님은 아니었죠. 간밤에 난 누군가가 초인종을
누르는 꿈을 꿨어요. 그래서 문을 여니 바로 진공 흡입기더군요. 그 물건은 현관과 거실에 놓인
잡동사니들을 빨아들이더니 아내와 아이들까지, 아파트 전체를 빨아들였습니다. 놀란 나는 니콜을
불렀죠. 니콜이 나타나자 그 물건은 사라졌습니다. 메시지는 명확했어요. 내가 새로운 인생을
시작했으며, 현재 니콜과 근사한 나날을 보내고 있다는 거죠. 그런데도 나에겐 박사님이 필요합니다.
그 전날 밤에도 말이죠, 누군가 초인종을 누르는 꿈을 꿨고 그때도 진공 흡입기였는데, 그때는 문을
열지 않았거든요. 만일 그 물건이 또 찾아온다면, 그땐 어떻게 해야 할까요?

나도 이게 좋은 주제인 건 알지. 바람 때문에 나무들이 이렇게 자랐다는 것도 알고. 하지만 아무래도 다른 곳으로 가야겠어. 경계해야 한다는 느낌이 아주 강하게 전해지거든.

하루는 이웃집 여자의 제라늄 화분이 환상적인 색상을 보여 주더군요. 아주 아름다웠습니다. 흥분한 나는 정신을 맑게 하기 위해 파울 클레나 베르트 모리조 등이 예술에 관해 쓴 글을 다시 읽어 보았죠. 다음 날엔 비가 왔어요. 제라늄은 가슴 설레는 보랏빛과 무지갯빛으로 눈부시더군요. 이웃집 여자는 『피플』잡지를 읽는 중이었는데, 난 별안간 톰 크루즈며 조니 할리데이, 캐롤라인 공주의 스캔들에 완전히 마음을 빼앗기고 말았죠. 수도승이 수도원장 신부에게 하듯 박사님께 여쭙겠습니다. 혹시 악마—문화적 악마—가 제라늄 화분 속에 깃들 수도 있을까요?

주말엔 날씨가 좋아야 할 텐데…….

난 가끔 엄청난 계약을 따내기도 했죠. 심지어 아주 근사한 여인들을 정복하기도 했다니까요. 전혀 기대하지 않았던 시장을 개척하기도 했고요. 하지만 그 무엇도 오후 3시경 단잠을 잘 수 있으리라는 기대가 주는 기쁨과는 비교할 수 없죠.

난 학교에서 나오는 그 애를 금세 알아보았죠. 녀석은 배낭에서 초콜릿 빵 하나를 꺼내더군요. 그래서
내가 한잔하자고 제안했죠. 녀석은 석류 주스를, 난 드라이 마티니를 주문했습니다. 주문하면서 나는
헤밍웨이가 자주 마시던 술(난 내가 글을 쓰는 작가라는 말은 하지 않고 그저 출판 계통에서 일한다고만
하면서 대화를 문학 쪽으로 이끌었는데, 그 말에 녀석은 관심을 보이더군요. 문학이 자기 꿈이라면서
말이죠. 그래서 난 그 이야기는 나중에 다시 하자고 했습니다)이라고 덧붙였습니다. 두 잔째 마티니를
마시면서 녀석은 다 털어놓았죠. 내 책이 두 표 더 많이 얻었는데 곧 네 표가 될 것이다, 녀석의 표는 두 배로
쳐주는데, 내가 그토록 그 책(녀석은 물론 내가 그 책을 썼다는 걸 모르고 있었죠)을 높이 평가하니 자기도
그 책에 표를 주겠다는 말이었죠. 그러면서 그 책이 담고 있는 높은 도덕성 덕분에 분명 고등학생들이
뽑은 공쿠르상을 받을 수 있을 거라고도 덧붙였습니다. 그러더니 녀석은 비틀거리면서 자리를 떴습니다.

우리 동네에 있는 작은 서점이었어. 난 진열장을 들여다보고 있었지. 괜찮아 보이는 남자 한 명이
서점에서 나오더니 나에게 〈이토록 아리따운 여인이 시에 관심을 보이다니 정말 기쁘군요〉라고
말하더라고. 그날 저녁 내 편지함엔 로트레아몽의 시집 한 권과 작은 제비꽃 꽃다발이 들어 있는 게
아니겠어. 그날 이후 시집 한 권과 꽃다발 선물은 매일 반복되었지.

고맙다는 인사를 하려고 서점에 갔는데, 그 남자는 자신이 선사한 중국이며 이탈리아 시인들에
대해서 내가 아무것도 모른다는 걸 눈치챘지. 난 그자가 나를 멍청이 취급하는 게 싫어서 하루는
그에게 나는 현대 시만 좋아한다고 말하면서 직전에 우연히 읽은 레몽 크노의 시 한 구절을 단숨에
암송했어. 〈이건 나의 ㅅ—이건 나의 ㅅ—나의 시라오 / 내가—내가—출판하고 싶은 시 / 아
나는 이 시를 ㅅ—아 나는 이 시를 ㅅ—사랑해 / 나의 ㅅ ㅅ—나의 ㅅ ㅅ—나의 사과나무…….〉
글쎄 남자가 나를 이상한 눈으로 쳐다보더라니까. 게다가 틱 장애(그 남자는 고개를 오른쪽에서
왼쪽으로 빨리빨리 돌리는 가벼운 틱 장애가 있거든)까지 심해지더라고. 그 후론 편지함에 아무것도
없어. 어제는 청소하다가 맞은편 인도로 걸어가는 그 남자를 봤는데, 약간 얼빠진 듯한 표정으로
고개를 이리저리 흔들면서 혼잣말을 하는 것 같았어. 입술 모양으로 보건대, 남자는 〈이건 나의
ㅅ—이건 나의 ㅅ—나의 시라오 / 내가—내가—출판하고 싶은 시 / 아 나는 이 시를 ㅅ—아
나는 이 시를 ㅅ—사랑해 / 나의 ㅅ ㅅ—나의 ㅅ ㅅ—나의 사과나무……〉라고 중얼거리는 게
확실했어.

〈무심한 남편〉*이라니, 정말 기가 막히게 멋진 제목이야!

● 프랑스의 시인이자 극작가인 장 콕토가 1940년에 무대에 올린 단막극으로 가수 에디트 피아프가 주인공을 맡아 독백으로 극을 이끌었다.
그 후 영화와 TV 드라마 등으로 각색되었다.

다목적실
19일 화요일

제 질문은 바로 이겁니다. 언제부터 당신은 자신이 작가라는 사실, 그러니까 대중의 기대에 부응하는 책이나 이야기를 지어내는 저자임을 깨달았나요?

저이는 요새 통 글을 쓰지 못해요. 내 동생이 컴퓨터 분야에서 일하는데, 그 애가 매형을 도와주겠다면서 그 시스템을 만들어 줬거든요. 뭐냐 하면, 어디에선가 저이의 책들 가운데 하나가 문고본 형태로 재판을 찍게 되면 종이 한 번 울리죠. 양장본으로 첫 출판될 때면 두 번 울리고요. 그 결과, 저렇게 종 울리기만 기다린다니까요.

저이는 우리가 처음 만났을 때도 이미 화가였어요. 나를 피카소 전시회에도 데려갔죠. 거기 그려진
그 많은 여자(그가 여자들에게 한 짓)와 그 많은 자살자를(그 집안엔 자살자들도 있었죠) 보면서 난
분명하게 말했어요. 〈그림 그리는 건 좋아요. 하지만 포플러는 포플러여야 하고, 레몬은 레몬이어야 하고,
사과는 사과여야 해요!〉 덕분에 우리는 진정한 가정생활과 충실한 친구들을 유지할 수 있어요. 저이가
포플러(또는 플라타너스)에 달린 레몬(또는 사과)을 그려서 사촌이나 고모가 놀라려고 하면 내가 말하죠.
〈저이는 예술가거든요.〉

〈무〉화랑

어머, 화랑이 아담한 게 참 예쁘군요. 저기 저 작은 그림, 세잔 서명이 들어 있는 세 개의 사과, 저건 얼마죠?

똑똑하다는 게 어떤 건지 자넨 알 수 없을 거야.

나한텐 너무 차분하기만 한 예술이로군요.

참 괜찮은 배우이긴 한데, 그래도 어쩔 수 없는가 봐요. 대사 몇 마디 읊조리다 보면 어느새 본인의 개인적인
문제까지 저절로 털어놓고야 만다니까요.

난 내 가슴속을 깨끗하게 정화하고 싶어, 그리고 특히 머릿속도. 낡아빠진 말들일랑 개성이라고는 전혀 없이 다 똑같아진 이 조약돌들처럼 나의 뇌에서 모조리 쓸어버릴 거야. 예를 들어 〈불가피한〉이란 단어. 난 그 단어를 내동댕이칠 거야! 〈~의 수준에서〉, 난 이것도 더는 참을 수 없어. 난 이 일상적 훈련에 맞춰 내 시간을 관리할 거야(〈관리하다〉도 치워 버려야 해). 힘들겠지만 그래도, 바라건대, 대체로 긍정적(이 또한 지워 버릴 거야)일 테지. 추시계의 시간을 맞추듯(추시계의 시간을 맞추다니, 기막힌 표현이로군!) 모든 것을 제자리로 돌려놓고자 하는 나의 책 집필을 위해서는 필요한 일이야. 이 책은 내 인생 최고의 보상이 될 거야. 말하자면 〈케이크를 장식하는 체리〉 같은 게지. 이런, 내가 또 망언했군! 케이크도 없고 체리도 없을 테니 말이야!

사르트르가 남긴 유산은 무엇인가?

난 「마농의 샘」을 리메이크하려고 제작자와 배우를 섭외했다네. 언론계에서 일하던 남자가 모든 것을 버리고 프로방스의 낡은 농가 주택을 고쳐서 살기 시작해. 그런데 어느 날 물이 안 나오는 거야. 그러니 화초에 물을 줄 수도, 수영장에 물을 채울 수도 없잖아. 이렇게 되니 친구라고는 한 명도 찾아오지 않고, 설상가상으로 젊은 아내는 그를 차버리려 하지. 총체적인 재앙인 거야. (물론, 자네도 짐작했을 테지만, 동네 사람 하나가 그 땅을 헐값에 차지하려 하고.) 현재 그 사람들의 답을 기다리고 있어.

돈 많은 남자를 만나서 그 남자를 그가 가진 돈이 아닌 다른 이유로 사랑하게 된다면 좋으련만.

무엇인가를 강렬하게 원하기만 하면, 찰싹, 이루어진다니까요!

난 그런 생각을 자주 하곤 하죠. 우리가 이승에서 아주 적은 것으로 만족해야 했기에 저승에서는 반드시
엄청나게 욕심 많은 존재가 될 수밖에 없을 거라고 말이에요.

내 역할은 당신에게 영감을 불어넣는 것이에요. 당신을 찬미하는 게 아니라고요.

나도 무엇이든 시도해 보는 건 좋아해, 클라라. 하지만 몇 년 전만 해도 우리를 활기차게 만들어 주던
기이한 행동들에 대한 열정 따윈 더는 없어. 하릴없이 괜히 구두만 적셨잖아.

난 지금 신경이 곤두선 상태야. 내일이 내 생일이거든. 이제껏 여러 명의 여자랑 사귀었는데, 그 여자들이
모두 전화를 할 테지. 울분과 난폭함이 가득 담긴 통화. 그 통화들 때문에 걱정이 태산일세. 수많은 통신
회로에 거친 통화가 반복적으로 여러 차례 거듭되면 인터넷이며 페이스북 또는 트위터 같은 것에
과부하가 걸릴 테지. 요컨대 나사에 미리 알리고 싶은 심정이라니까.

난 정말이지 그가 항상 원했다는 그 꿈, 단 한 번이라도 온종일 보디가드의 경호를 받아 보는 그 꿈이
실제로 무얼 뜻하는지 궁금해요.

이게 다 오늘 저녁 시합을 위해서죠. 라틴어인데, 〈가자, 블루들Bleus!〉*이라는 뜻이에요. 신부님도 이런 종류의 행사와 영성을 적당히 혼합하는 건 좋은 생각이라고 하셨어요. 코치는 그보다 회의적이었지만요.

● 프랑스의 축구 국가 대표팀을 가리키는 말.

우리도 가끔, 아주 멀리서, 신부님의 진노를 들으러 온답니다, 강장제 효과가 있거든요.

오늘 나는 파충류 이후 진화와 상충하는 이론에 관해서가 아니라 감정의 진화라는 주제를 놓고 토론해
보고 싶습니다, 밀러 교수님. 가령 나는 당신 아내를 사랑합니다. 당신 아내는 어떤가 하면, 나를
사랑합니다. 그녀는 이제 당신을 사랑하지 않는다는 말입니다.

저 사람들은 활과 화살로 날씨를 완전히 망쳐 놓는 데 성공했어.

극 중 등장인물이 실제 인물보다 우월해지는 일이 없도록 신경을 쓴 나와 그런 건 전혀 개의치 않은
자네가 결국 거의 같은 결과에 도달했음을 인정하려니 약간 씁쓸하군.

난 말이지, 정말로 이상적인 사회 모델을 찾아냈지만, 그 사회엔 내가 비집고 들어갈 자리가 없어서 그 모델을 포기하고 말았다네.

당신이 존재하지 않는다면, 그건 그럴 수도 있다고 해요. 하지만 이 정도로 존재감이 없다니 그건 부당하군요.

옮긴이 **양영란**

서울대학교 불어불문학과와 동 대학원을 졸업하고, 프랑스 파리 3대학에서 불문학 박사 과정을 수료했다. 『코리아헤럴드』 기자와 『시사저널』 파리 통신원을 지냈다. 옮긴 책으로 『잠수복과 나비』, 『지금 이 순간』, 『구페 씨의 핑크색 안경』, 『아가씨와 밤』, 『작가들의 비밀스러운 삶』, 『철학자의 식탁』 등이 있으며, 장자크 상페의 책으로는 『진정한 우정』, 『상페의 어린 시절』, 『상페의 음악』, 『상페의 스케치북』 등이 있다.

계속 버텨!

지은이 장자크 상페 **옮긴이** 양영란 **발행인** 홍예빈·홍유진 **발행처** 주식회사 열린책들
주소 경기도 파주시 문발로 253 파주출판도시 **대표전화** 031-955-4000 **팩스** 031-955-4004
홈페이지 www.openbooks.co.kr
Copyright (C) 주식회사 열린책들, 2022, *Printed in Korea.*
ISBN 978-89-329-2207-2 03860 **발행일** 2022년 2월 25일 초판 1쇄